CUENTOS DE NAVIDAD Y REYES

EMILIA PARDO BAZÁN

Bajo el manto de estrellas de una noche espléndida y glacial, Roma se extiende mostrando a trechos la mancha de sombra de sus misteriosos jardines de cipreses y laureles seculares que tantas cosas han visto, y, en islotes más amplios, la clara blancura de sus monumentos, envolviendo como un sudario, el cadáver de la Historia.

Gente alegre y bulliciosa discurre por la calle. Pocos coches. A pie van los ricos, mezclados con los "contadinos", labriegos de la campiña que han acudido a la magna ciudad trayendo cestas de mercancía o de regalos. Sus trapos pintorescos y de vivo color les distinguen de los burgueses; sus exclamaciones sonoras resuenan en el ambiente claro y frío como cristal. Hormiguean, se empujan, corren: aunque no regresen a sus casas hasta el amanecer -que es cosa segura-, quieren presenciar, en la Basílica de Trinità dei Monti, la plegaria del Papa ante la cuna de Gesù Bambino.

-Sí; el Papa en persona -no como hoy su estatua, sino él mismo, en carne y hueso, porque todavía Roma le pertenece- es quien, en presencia de una multitud que palpita de entusiasmo, va a arrodillarse allí, delante la cuna donde, sobre mullida paja, descansa y sonríe el Niño. Es la noche del 24 de diciembre: ya la grave campana de Santángelo se prepara a herir doce voces el aire y la carroza pontifical, sin escolta, sin aparato, se detiene al pie de la escalinata de Trinità.

El Papa desciende, ayudado por sus camareros, apoyando con calma el pie en el estribo. Con tal arte se ha preparado la ceremonia, que al sentar la planta Pío IX en el primer escalón, vibra, lenta y solemne, la primera campanada de la medianoche, en cada campanario, en cada reloj de Roma. El clamoreo dramático de la hora sube al cielo imponente como un hosanna y envuelve en sus magníficas tembladoras ondas de sonido al Pontífice, que poco a poco asciende por la escalinata, bendiciendo, entre la muchedumbre que se prosterna y murmura jaculatorias de adoración. A la luz de las estrellas y a la mucho más viva de los millares de cirios de la Basílica iluminada de alto abajo, hecha un ascua de fuego, adornada como para una fiesta y con las puertas abiertas de par en par, por donde se desliza, apretándose, el gentío ansioso por contemplar al Pontífice, se ve, destacándose de la roja muceta orlada de armiño que flota sobre la nívea túnica, la cabeza hermosísima del Papa, el puro diseño de medalla de sus facciones, la forma artística de su blanco pelo, dispuesto como el de los bustos de rancio mármol que pueblan el Museo degli Anticchi.

Entra, por fin, en la Basílica; cruza las naves, desciende la escalera dorada que conduce a la cripta, y mientras a sus espaldas la guardia brega para reprimir el empuje del torrente humano que pugna por arrimarse a la balaustrada, en el recinto descubierto, más bajo que la multitud, el Papa queda solo. Artista por instinto, con el andar rítmico de las grandes solemnidades, con un sentimiento de la actitud que sólo él posee en grado tal, Pío IX se acerca a la cuna, junta las manos de marfil, eleva al cielo un instante los ojos, como si se invocase la presencia de Dios; se arrodilla, se abisma y los paños de su cándida vestidura se esparcen esculturales y clásicos cual los plegados de alabastro de un ropaje de Canova.

El Niño, el Bambino, duerme desnudito, color de rosa, reclinado en su rubio colchón de sedeña paja. En toda la Basílica no se escucha más ruido que el chisporroteo suave de los cirios y el murmullo de la oración que el Papa empieza a elevar. A las primeras palabras anímase el Niño con vida fantástica: la carne se hace carne. Sus ojos se entreabren, sus puñitos se tienden hacia el Papa como si se tendieran hacia un abuelo cariñoso, haciendo fiestas. Incorporado y sentado en la paja, llama al Pontífice, que sigue orando, pero que cree percibir en sus rodillas la sensación de que ya no reposan en los cojines de terciopelo carmesí; en sus codos, algo que los sube y aparta del esculpido reclinatorio. Ligero y como fluido, su cuerpo no le pesa; flota apaciblemente en una atmósfera de oro y luz, hecha de las partículas de los cirios, que se derraman ardientes y centelleantes. La cuna ha desaparecido, el Niño está en pie, alto, crecido ya, convertido en adolescente; y en vez de la gracia infantil, en su cara se lee la meditación, se descubre la sombra del pensamiento. Alrededor del Jesús de quince años van juntándose las paredes de la cripta, que parece trasudarlos, docenas de chiquillos, otros bambinos, pero feos, encanijados, sucios, envueltos en andrajos o desnudos mostrando la enteca anatomía. Docenas primero; cientos después; luego millares, millones, un hervidero tan incontable, un ejército tan infinito, que estallan las paredes de la cripta, las de la Basílica, las de Roma, las de todo cuanto pretendiese contener la expansión de la horda de miserables. Extiéndese por una llanura sin límites, y su bullir de gusanera rodea al Gesù, que ha ido insensiblemente transformándose en hombre hecho y derecho: ya tiene barba ahorquillada y rizoso cabello castaño; ya su rostro ha adquirido la gravedad viril. Y siguen acudiendo desharrapados y con las carnes al aire, lisiados, enfermos, famélicos, tristes, venidos de todos los confines de la Tierra. Lloran de hambre, tiemblan de frío, gimen de abandono, enseñan sus lacras, se cogen a la vestidura inconsútil de Cristo, se quieren abrigar bajo sus pies, reclinarse en su seno, agarrarse a sus manos pálidas y luminosas. Huelen mal, y su punzante vaho de miseria envuelve y sofoca al Papa, siempre en oración.

La figura de Cristo se oculta un instante; densas tinieblas suben de la tierra y caen del firmamento, reuniendo sus crespones. El Pontífice siente miedo: la oscuridad le ciega, y entre aquella oscuridad vibran maldiciones y palpitan sollozos. Un relámpago brilla; erguida en una colina aparece la Cruz, sobre la cual blanquea el desnudo cuerpo del Mártir, estriado de verdugones por los azotes y veteado de negra sangre. Los labios cárdenos se agitan; el Papa interrumpe la plegaria, se confunde, se deshace en adoración, quiere salir de sí mismo para mejor escuchar y beber la palabra divina; y el Crucificado -señalando con mirada ya turbia hacia el océano de criaturas que bullen allá abajo, escuálidas, transidas, gimientes, dolorosas, maltratadas, ofendidas, en el abandono- dice el Papa, en voz que resuena urbi et orbi:

-Por ellos.

LA TENTACIÓN DE SOR MARÍA

Siguiendo costumbre tradicional del convento, las monjitas de la Santísima Sangre preparan, adornan y ofrecen a la adoración de los fieles, en el altar mayor, a la hora en que se celebra la misa del Gallo, el Misterio del pesebre y gruta de Belén, donde puede admirarse la efigie del Niño Dios, obra maravillosa de un escultor anónimo.

Más que inerte imagen de madera, criatura viva parece el Niño de las monjas. La encantadora desnudez de su torso presenta el modelado blanco y sólido de la carne. Mollas regordetas en cuello, piernas y brazos; hoyuelos de rosa en carrillos, codos y rodillas, picardía angelical en la expresión de los ojos y en la cándida risa, naturalidad sorprendente en la actitud, que se diría de tender las manos al pecho maternal..., así es el Niño, y por eso las monjitas, cada vez que le visten y enfajan, cada vez que le reclinan en la paja y el heno aromático de la humilde cuna, exclaman, enternecidas y embelesadas:

-¡Ay mi divino Señor! ¡Pero si es un pequeñito de veras!

Turnan rigurosamente las monjitas en el oficio y honor de camareras del Jesusín, y aquel año correspondió la suerte a sor María, monja profesa, la más joven y linda de todas. Sor María ha dejado el mundo, no como suelen dejarlo otras religiosas, por contrariados o infelices amores, por sufrimientos, desengaños o escaseces de fortuna, sino en la flor de sus veinte abriles, con el espíritu tan virgen como el cuerpo y el cuerpo tan hermoso como el porvenir que, sin duda, la esperaba al lado de unos padres amantes y opulentos, y en un mundo donde todo la halagaba y sonreía. Por su serena frente no ha cruzado ni una nube; no ha rozado su sien ni un aliento de hombre, y su corazón no ha palpitado sino para Dios. Su mística vocación fue tan firme, que resistió a la oposición decidida y enérgica de una familia que no se avenía a ver sepultarse en el claustro tanta hermosura y juventud. Pero sor María demostró tal júbilo al tomar el velo, que ya sus mismos padres la envidiaban, creyéndola llegada al puerto de la paz.

Sintió un gozo inexplicable sor María al ser encargada de la gran faena de vestir al Niño para depositarle en el pesebre. Jugar con aquel sagrado muñeco había sido el sueño de la joven monja en los cinco años que de profesa contaba. "¡Cuando me toque a mí el Niño, verán que precioso le pongo!", solía decir a menudo. Era llegado el instante: el Niño le pertenecía por algunas horas, y ya sus manos temblaban de emoción ante la idea de poseer la efigie del Nene celestial.

¡Con qué esmero planchó sor María los pañales por ella misma bordados y calados! ¡Con qué diligencia recogió en el jardín rosas tardías y frescas violetas oscuras, a fin de esparcirlas sobre la camita de paja del Niño! ¡Con qué respeto tocó la escultura, con qué reverencia la desnudó, con qué avidez miró sus formas inocentes y con qué ímpetu repentino de las entrañas se inclinó para besarla, mordiéndole casi en las mejillas, en los hombros, en el redondo vientrezuelo!

Algunas monjas, de las más ilustradas y benévolas, estuvieron conformes en que nunca había salido tan mono y tan bien adornado el Jesusín; pero las viejas gangosas, ñoñas y esclavas de la rutina, murmuraron que le faltaban dijes de abalorio y talco y cintas de colores. Y cuando sor María se recogió a su celda y se arrodilló para rezar antes de extenderse en la pobre tarima, donde sin regalo, casi sin abrigo, dormía el sueño de los ángeles, sintióse de repente profundamente triste, y le pareció que delante de ella se abría un abismo negro, muy hondo, y que le entraban ganas vehementes de morir. No penséis mal, ¡oh escépticos!, de sor María. ¡No la creáis una monja liviana!

No era el amor profano y su deleitosa copa lo que el tentador hacía girar ante sus ojos preñados de lágrimas de fuego. Tened por seguro que la pureza de sor María llegaba al extremo de ignorar si renunciando al amor sacrificaba venturas. En el amor sólo sospechaba fealdades, desencantos, humillaciones y groserías indignas de un alma escogida y bien puesta. Lo que en aquel momento hacía sollozar a la monja era el instinto maternal, despertado con fuerza irresistible a la vista y al contacto del monísimo Jesusín...

Y mal de su grado, ofuscada por la insidiosa tentación (sólo el Maldito pudo infundirle tan trasnochados y extemporáneos pensamientos), sor María no estaba a dos dedos de renegar de los votos y de las tocas y de los deberes que al convento la sujetaban. Nunca estrecharía contra su infecundo seno una tierna cabecita de rizada melena; nunca besaría una frente pura y celestial; nunca unos brazos mórbidos ceñirían su garganta. La única criatura que le había sido dado en brazos y a la cual pudo prodigar ternezas era un chiquillo de palo, duro, frío, que ni respondía a las caricias ni balbucía entrecortado el nombre de madre. Y sor María, cada vez más hondamente desesperada, acordábase, en aquella hora fatal, de su propio hogar que había abandonado, y pensaba en el delirio con que su padre amaría a un nietezuelo, y lloraba con llanto más amargo, con lágrimas sangrientas, como lloraría una virgen de Israel condenada a muerte, la esterilidad de su seno y la soledad eterna de su corazón, sentenciado a no probar nunca el más intenso y completo de los cariños femeniles...

Mas he aquí que al hallarse sor María fuera ya de sentido y a punto de rebelarse impíamente contra su destino y de romper su juramento de fidelidad al Divino Esposo, cuentan las crónicas (no sé si protestaréis los que lleváis sobre las pupilas la membrana del topo, la incredulidad) que la celda se iluminó con luz blanca y suave, y que de súbito el Niño del Misterio, no rígido e inmóvil en su invariable actitud, sino animado, hecho carne, sonriendo, gorjeando, acariciando, salió de una nube ligera y se vino apresuradamente a los brazos de la monja.

"Soy yo, tu Jesusín, el que nació hoy a las doce", parecía balbucir la criatura, halagando blandamente a sor María. Y como ésta pagase con besos los halagos, el chiquillo rompió a llorar tiernamente, y la monja, olvidando sus propias lágrimas y su reciente desconsuelo, comenzó a bailar para entretenerle, a arrullarle, a cantarle, a contarle cuentos, y, al fin, le arropó en su cama, llegándole al calor de su propio cuerpo y recostándole sobre su pecho tibio, que henchían activas corrientes de vitalidad y de amor. Y allí se pasó la noche el pobre nene, hasta que la blanca aurora, que disipa las sombras y ahuyenta las tentaciones, lanzó sus primeras claridades al través de la reja, y la campana llamó al templo a las monjas, que se pasmaron del resplandor extático que brillaba en el hermoso semblante de sor María...

Desde entonces sor María hace prodigios de austeridad, mortificación y penitencia. Sus rodillas están ensangrentadas, sus costados los desuella el cilicio, sus mejillas las empalidece el ayuno, su boca la contrae el silencio. Pero todos los años, después de la misa del Gallo y el Misterio del pesebre, se repite la visita del Niño a la celda melancólica y solitaria, y por espacio de unas cuantas

horas sor María se cree madre.

"El Liberal", 25 de diciembre de 1894.

Catorce años de no interrumpida laboriosidad podía apuntar el Peludo en su hoja de servicios; catorce años en que no hubo día sin ración de palos y sin hambre. ¡El hambre especialmente! ¡Qué martirio!

Sacar fuerzas de flaqueza para el cochinero trote, obligado por los pinchazos del recio aguijón; aguantar picadas de tábanos y de moscas borriqueras, enconadas, feroces con el sol y el polvo, en las llagas de la reciente matadura; sufrir talonazos y ver cortar la vara de avellano o de taray que, silbadora y flexible, se ha de ceñir a su piel, averdugándola; probar la dentellada de la espuela y el sofrenazo violento del bocado; recibir puñadas en el suave hocico y en los ojos, en los dulces y grandes ojos cuya mirada siempre expresa mansedumbre; doblegarse bajo la excesiva carga; arrastrarse molido y pugnar por no caer al suelo antes de que se termine una caminata tres veces más fatigosa de lo que cabe dentro de los límites del vigor asnal; todo esto, con ser tanto, le parecía miseriuca al Peludo, en cortejo de pasar rozando una pradera verde como la esperanza, mullida y aterciopelada como tapiz de seda, y no poder hartar la panza vacía, redondear los ijares metidos y

chupados y la tripa hueca como tubería de órgano. Era tal la impresión que causaba al Peludo la vista de la hierba apetitosa, rociada, velluda, de los dorados pajares y de las mieses en sazón; tal la rabia que sentía al oír el murmurio de la fuente cuando secaba sus fauces el anhelo del trabajo y la polvareda pegajosa del camino real; tal la violencia de su furioso apetito y el ímpetu de su colosal gazuza, que más de una vez, él, el manso, el resignado, el trabajador, el obediente, "pensó" hacer una muy gorda y sonada: soltar un rebuzno de guerra y arremeter a coces y a muerdos contra su despiadado jinete, su espolique, su amo, su tirano... ¡Qué deleite arrojar al suelo el lastre de sacos de harina, que pesan cual plomo, patearlos, reventarlos; que la harina se esparciese por la carretera; meter en ella el hocico, aventarla, hacerla volar en blanquísimas nubes! Y si era mucha el ansia de comer, no menor la de revolcarse. ¡Revolcarse! ¡Cuánto tiempo, desde su tierna infancia,

su época de buchecillo retozón y candoroso, que no se revolcaba, con las cuatro patas batiendo el aire y la gris barriga al sol, el Peludo!

Cruzaban estas ráfagas de emancipación por la deprimida mollera del esclavo, pero no adquirían consistencia; eran aleteos pasajeros que abatía al punto la convicción de su eterna servidumbre y de que la había dispuesto la suerte, el fatum que preside a la existencia del jumento. Sí, lo peor del caso es que al Peludo la desgracia le había hecho fatalista; no esperaba nada de la Providencia, ni se atrevía a creer que pudiese lucir para él jamás un instante de relativa dicha. Hiciese lo que hiciese lo mismo tenía que ser... Hambre y palos, palos y hambre... Arriba con la carga; avante por la senda, y nada de protestas ni de quiméricos ensueños...

Razón llevaba el paciente Peludo en desconfiar de la suerte y en prometerse mayores desventuras; su amo, en vez de mostrarle algún apego, una pizca de consideración, a medida que el Peludo perdía fuerzas, agilidad y bríos, iba tratándole con mayor dureza y encomendándole las tareas más rudas y bajas, los transportes más reventadores y las jornadas a palo seco, en todo el rigor de la frase. Por eso, la glacial y lluviosa noche del 24 de diciembre encontró al cuitado Peludo sufriendo la intemperie con cachaza estoica, atado a una argolla de hierro, a la puerta de la más conocida taberna del Pellejón, una de las varias que salpicaban las orillas de la carretera de Marineda a Brigos. Otras veces no faltaba para el Peludo en aquel templo báquico el abrigo de una cuadra o de un estercolero, o siquiera de un cobertizo cerquita del pajar; pero ésta era noche de bulla y parranda, de regodeo y jarros colmados de vino y aguardiente, y cuando el Peludo, al trotecillo desmayado de sus provectas patas, se acercó a la taberna, no quedaba sitio ni techo para él. De dos puntillones, el amo le pegó a la pared, le amarró a la anilla, y allí se quedó el jumento, sin más techo que un emparrado desnudo de follaje, cuyas ramas goteaban hilos de agua llovediza, formando una charca bajo los cascos.

Veía el Peludo, al través de los vidrios de la ventana, la sala de la taberna iluminada, alegre, llena de hombres que jugaban a los naipes, disputaban, despachaban guisotes de bacalao y apuraban vasos de caña y tinto. Mientras los racionales celebraban así la Navidad, el asno, transido y empapado hasta los huesos, rendido de cansancio y desfallecido de necesidad, no tenía ánimos ni para exhalar un suplicante y doloroso rebuzno pidiendo sustento y calor. Una nube veló sus pupilas; sus corvas se doblaron. Iba a caer sobre el fango líquido, cuando advirtió una claridad suave, muy diferente de la que derramaban las pestíferas candilejas de la taberna, y divisó a su lado, con profunda sorpresa a otro borrico: un asno plateado, de luciente pelo, vivaracho, cordial. ¡Qué compañía tan grata! "¡Hi-ho!", flauteó dulcemente el caduco y asendereado jumento. Púsose el recién venido a roer con los dientes la cuerda que al Peludo sujetaba, y presto lo dejó libre. Echó a andar el argentado borriquillo, y detrás de él, sin meterse en más averiguaciones, el Peludo, ya regocijado y fuerte. A medida que adelantaban, la noche se hacía transparente, estrellada, tibia; el camino, fácil, seco, llano, lindo. A derecha e izquierda, prados de un tono de felpa verdegay, esmaltados de violetas y ranúnculos, convidaban al Peludo a saciar su apetito; arroyos cristalinos le brindaban con qué apagar su sed. Y el Peludo, entrando a saco, descuidado, libre, se entregó a la hierba jugosa; desde lejos podía oirse el ruido de molino que al mascar producía su vieja dentadura. Bebió a su talante en los manantiales; atracóse de trébol y hierba mollar, y al paso que devoraba, redondeábase su panza como globo que se infla, hasta que de súbito estallaron las cinchas que sujetaban la albarda, y quedóse en pelota, feliz como un rey. ¡Ahora sí que no se sentía fatalista el Peludo! Tan dichosa aventura lo convertía en el mayor providencialista del universo. En lontananza empezaba a despuntar la mañanica dorada y risueña; las violetas del prado olían a gloria; todo incitaba a un revuelco deleitable, y, izas!, el Peludo se dejó caer y se puso a nadar en aquel golfo de verdura, impregnándose de olores floreales, recogiendo en su pelambrera hojas de manzanilla. El asno se sentía victorioso, envuelto en luces de gloria. Y allá en los aires, lejos, alto, voces misteriosas repetían la profética cláusula: "Nos ha nacido un niño, y se llama Emmanuel..." El asno de plata, salvador del Peludo, le miraba entre compasivo y amigable, y le rebuznaba bondadosamente: "¡Hi-ho! ¿No me conoces? Soy el que calentó con su aliento a Jesús en el establo..., y el que llevó a Egipto a María la Nazarena..."

A la puerta de la taberna, el amo del Peludo, al salir de madrugada con los humos de la embriaguez muy densos aún, vio a su montura tendida en la charca, los ojos vidriosos, las patas rígidas.

-Rompióse la cuerda -observó el tabernero-. No le dé patadas -agregó-, que de poco sirve; tiene la oreja fría; está difunto.

Pero el amo, con la terquedad característica de los beodos, seguía descargando puntapiés al animal, jurando, blasfemando y maldiciendo. Al fin, convencido de lo inútil de sus esfuerzos, soltó una opaca risotada.

-Para lo que servía... -gruñó-. Ya ni podía conmigo...

"Blanco y Negro", núm. 399, 1898.

El matrimonio vio, al fin, cumplidos sus deseos: la niña vino al mundo un 24 de diciembre, circunstancia que pareció señal del favor divino; pusiéronle en la pila el dulce nombre de Jesusa, y la rodearon de cuanto mimo pueden ofrecer a su único retoño dos esposos ya maduros, muy ricos, y que sólo pedían a la suerte una criatura a quien transmitir fortuna y nombre. La cuna fue mullida con pétalos de rosa, y hasta el ambiente se hizo tibio y perfumado para acariciar el tierno rostro de la recién nacida...

Todos hemos narrado alguna vez la triste historia de la niña pobre y desamparada que, harapienta y arrecida, con el vértigo del hambre y la angustia del abandono, vaga por las calles implorando caridad, hasta que cae rendida y la nieve la envuelve en blanco sudario. El grito de la miseria, el clamor del vientre vacío, es penetrante y humano..., pero también sufre el rico, y sus dolores, inaccesibles al fácil consuelo que se reparte con un puñado de monedas, no hallan alivio sino en la misericordia de Dios... El que compare a la chiquilla sin pan ni hogar con la chiquilla envuelta en algodones y harta de goces y juguetes, a la que jamás recibió un beso con la que agasaja en su seno de una madre idólatra, se indignará contra la injusticia social y apelará de ella a la justicia infalible.

Cruzad la calle, deslizad un socorro en la mano escuálida de la mendiga y penetrad después en la morada de la familia de Jesusa. El contraste, al pronto, os parecerá hasta sacrílego. Cualquier chirimbolo de los que decoran el gabinete, cualquier fruslería de rubia concha y cincelada plata, de las mil esparcidas sobre las mesillas del tocador, vale más de lo que costaría dar un año entero pan, luz y abrigo a lá infeliz que tirita allá fuera, en el ángulo de la manzana, en pie contra una cancilla menos dura que algunos corazones.

Pasad el umbral de la alcoba tapizada de seda; acercaos a la camita virginal, esmaltada de blanco y oro, y contemplad la cabeza que descansa sobre la batista... Ved ese rostro transparente como alabastro, esos ojos de violeta, tan infinitamente melancólicos. Si pudieseis alzar la sábana sin ofender el pudor de la niña, que ha cumplido sus once años ya, se ofrecería a vuestra vista algo sin nombre ni forma, uno de esos cuadros que sobrecogen, una especie de insecto mísero: piernas como hilos retorcidos, manos que se asemejan contraídas por la acción del fuego, doble gibosidad en el pecho y la espalda, flacura de carnes secas y consumidas por el padecimiento. ¡Y si la enfermedad se contentase con haberla desfigurado! Pero son tan incesantes sus torturas, tan variadas, tan horribles, que hay horas negras en que el padre susurra al oído de la madre, en voz opaca:

-¡No sería mejor despedir a tanto médico..., suprimir tanto remedio..., no agobiarla..., dejarla que...!

Y la madre responde con acento en que tiemblan irrestañables lágrimas:

-No, no... Mientras hay vida...

En el martirizado cuerpo, la inteligencia vela, despierta desde muy temprano. A los seis años, Jesusa decía de esas frases que cortan el alma. Las tempranas intuiciones, las precocidades, si en el niño sano regocijan, en el enfermo afligen con aflicción honda, como es hondo el abismo del humano dolor.

-Mamá, ¿soy yo mala? -gemía la inocente.

-No, eres muy buena, muy buena.

-Entonces, ¿por qué me castiga Dios?

-No es castigo... -sollozaba la madre-. Es que después, cuando te mejores, has de disfrutar mucho... y es que ahora, si es verdad que estás malita, también tienes más cosas bonitas que las otras niñas, más muñecas, más juguetes, más flores, unas cajas preciosas...

Callaba la enferma un minuto, cerrando sus pupilas de marchita violeta, y las abría luego para exclamar:

-Pues dales todo eso a los niños que no tienen... y ellos que me den no estar enferma un día... ¡Mamá, siquiera un día!

Al correr del tiempo, al multiplicarse los fenómenos del extraño padecimiento nervioso de Jesusa, arraigábase en su mente la idea de la sustitución, y la creía posible, o segura, mejor dicho. ¿Por qué no la complacían sus padres? ¿Había cosa más sencilla y natural? Que repartiesen a los golfos y a los mendigos sus joyas y sus muñecos caros; que les enviasen a cestos las golosinas; que les entregasen las sábanas de encaje y el edredón de plumón de cisne..., que ellos a su vez, la socorriesen con unas migajas de salud, de la riente salud que alegra el mundo, que calienta la sangre, que resplandece como el sol y hermosea el vivir. ¡Levantarse de aquella cama, andar, salir a la calle, respirar el aire libre, sin dolores, lista, ágil, contenta!

A fuerza de hablar de la sustitución, Jesusa acabó por contagiar a su padre. Los desgraciados tienen siempre los brazos abiertos para abrazar a la quimera. La esperanza es ingeniosa y supersticiosa.

-Verás, nena mía... Voy a darte gusto, voy a socorrer a los niñitos pobres... Así que les haga mucho bien, tú sanarás...

Y empezó su carrera de filántropo, descubriendo cada día, en la inagotable mina de la miseria, nuevas vetas que explotar, y soñando, a cada hallazgo, que allí podría estar la curación de su enferma. Subió a muchas buhardillas, llevando la bolsa llena y el médico prevenido; recogió y trajo en brazos a las altas horas de la noche, al golfo que dormía aterido y desfallecido de hambre sobre un banco o al través de una puerta y se gozó en el golpe mágico del despertar de la criatura ante una suculenta cena y con la perspectiva de un mullido lecho; redimió de la abyección a niñas que aún no tenían conciencia del pecado, y las llevó a establecimientos benéficos, donde las inculcasen el trabajo y la honestidad; pagó nodrizas a desvalidos huérfanos; desató un río de aceite de hígado de bacalao para los chiquitines escrofulosos, y en verano envió a las orillas del mar a hijos de obreros devorados por la anemia... Mas Jesusa, enterada de tan santas acciones, no cesaba de mover la

cabeza macilenta, de cerrar dolorosamente las lánguidas violetas de sus ojos. No era bastante; no se contentaba Dios todavía con eso.

Mayor sacrificio pedía sin duda... Prueba de lo estéril del esfuerzo, era que Jesusa empeoraba, que redoblaban sus sufrimientos, que la fiebre la consumía, que su piel se pegaba a los huesos abrasada por el mal, y que en los accesos, a cada paso más frecuentes, sentía, o como un ascua en sus entrañas, o como un enorme témpano de hielo en su corazón, próximo a cesar de latir. ¿Iba a durar eternamente aquella infernal tortura? ¿No se apiadaría Dios? ¿No la sanaría de repente del todo, dejándola alzarse, fuerte y gozosa, en el ímpetu de la juventud, a disfrutar de la existencia, a reír, a correr, a saltar como los pájaros felices?

Llegó la Nochebuena, el cumpleaños de Jesusa. En tal día, sus padres la abrumaban a regalos, inventaban caprichos para darse el gusto de satisfacerlos. Se armaba el "belén", renovado siempre,

siempre más lujoso, de más finas figuras, de más complicada topografía; pero aquel año, suponiendo que la enferma estaba cansada ya de tanto pastorcito, y tanta oveja, y tanto camello, discurrió la madre colocar un precioso Niño Jesús, de tamaño natural, joya de escultura, en un pesebre sobre un haz de paja. La sencilla imagen atrajo a la abatida enferma. Parecía una criatura humana, allí echada, desnudita. Y al mirarla, al pensar que tendría mucho frío, Jesusa creyó adivinar por qué no la sanaba a ella Dios... No bastaba dar a otros niños limosna y socorro: era preciso "ser como ellos", aceptar su estado, abrazarse a la humildad, a la necesidad, imitando al Jesús que reposaba entre paja, sobre unas tablas toscas... Afanosamente, la niña llamó a su madre y suplicó, trémula de ilusión y de deseo:

-Mamá, por Dios... Haz lo que te pido y verás si sano... Ponme como están los niñitos pobres... Echa paja en el suelo, acuéstame ahí... No me tapes con nada, déjame tiritar...

Resistíase la madre, temblando de miedo a la idea de su hija con frío y sobre unas tablas; pero, a pesar suyo, el loco ensueño también se apoderaba de su espíritu. ¿Quién sabe? ¿Quién sabe?... Las alas de la quimera batían misteriosamente el aire en derredor... Alejó a los criados, miró si nadie venía..., y cargando el leve peso de la enferma, la tendió sobre la paja esparcida, en el mismo pesebre donde sonreía y bendecía el Niño; Jesusa abrió los ojos, miró ansiosamente a la imagen, y después los cerró con lentitud. Su carita demacrada, crispada, expresó de pronto mayor serenidad: una especie de beatitud bañó las facciones, iluminó su frente; un ligero suspiro salió de la cárdena boca... La madre, aterrada, se inclinó, la llamó por su nombre, la palpó... No respondía; el sueño se realizaba; los dolores de Jesusa habían cesado; no volvería a sufrir.

"El Liberal", 25 de diciembre de 1897.

NOCHEBUENA DEL JUGADOR

El vicio del juego me dominaba. Cuando digo el vicio del juego debo advertir que yo no lo creía tal vicio, ni menos entendía que la ley pudiese reprimirlo sin atentar al indiscutible derecho que tiene el hombre de perder su hacienda lo mismo que de ganarla. "De la propiedad es lícito usar y abusar", repetía yo desdeñosamente burlándome de los consejos de algún amigo timorato.

No obstante mi desprecio hacia el sentimiento general, procuraba por todos los medios que en mi casa se ignorase mi inclinación violenta. Habíame casado, loco de amor, con una preciosa señorita llamada Ventura; estrechaba más nuestra unión la dulce prenda de un niño que aún no sabía, si yo le llamaba, venir solo a mis brazos; y por evitar a mi esposa miedo y angustia, escondía como un crimen mis aficiones, sorteando las horas para satisfacerlas. Precauciones idénticas a las que adoptaría si diese a mi mujer una rival, adoptaba para concurrir al Casino y otros centros donde se arriesga, al volver de un naipe, puñados de oro; e inventando toda clase de pretextos -negocios bursátiles, conferencias con amigos políticos, enfermos que velar, invitaciones que admitir- cohonestaba mis ausencias y explicaba de algún modo mi agitación, mi palidez, mis insomnios, mis alegrías súbitas, mis abatimientos, la alteración de mi sistema nervioso, quebrantado por la más fuerte y honda tal vez de las emociones humanas.

Hacía tiempo que no poseía sino lo que el juego me granjeaba. Dueño de un mediano caudal, había ido enajenando mis fincas para cubrir pérdidas. Vino después una larga temporada de prosperidad, pero invertí las ganancias en valores fáciles de negociar, que ya mermaban recientes descalabros. Nada de esto notaba mi Ventura, porque a semejanza de casi todas las mujeres, recibía de manos de su esposo el dinero sin preguntar su origen. Segura de mi cariño, pasiva y feliz en su hogar, ni se le ocurría ni quizá deseaba conocer el estado de nuestros intereses. En las ocasiones felices, yo le traía ricas alhajas y le compraba lindos trajes; en los momentos de estrechez, una indicación mía bastaba para que ella redujese el gasto y aplazase los pagos, con instintiva complicidad. Pero si mi esposa no me causaba inquietud y el desorientarla me parecía facilísimo, otra persona de la familia me inspiraba indefinible recelo.

Era esta persona el hermano mayor de Ventura, mi cuñado Bernardo, hombre de entendimiento vivo y sagaz, de fogosa condición, a quien penas ignoradas, quizá dolorosos desengaños, impulsaron a abrazar el estado eclesiástico. Bernardo ejercía su ministerio con un celo abrasador, con sed de sacrificio que le consumía, demacrando su cuerpo y encendiendo en sus azules ojos perpetua llama. Los tales ojos, al fijarse en mí, mostraban vislumbres de desconfianza y severidad. Indudablemente, el santo altruista, consagrado a hacer el bien, olfateaba en mí la egoísta y desenfrenada pasión que teñía de un círculo de oscuro livor mis párpados y hacía temblar febrilmente mi mano cuando estrechaba la suya. Una desazón, un desasosiego parecido al del que con ropa sucia arrostra la luz del sol en un paseo concurrido, me asaltaban al encontrarme frente a frente con Bernardo. Éste, que vivía fuera de Madrid, absorbido siempre por empresas de beneficencia, fundaciones de Asilos y Asociaciones caritativas, sólo venía a vernos dos veces al año; en Pascua de Resurrección y en Navidades.

Acercábase precisamente esta solemne época del año, cuando la suerte, que ya se me había torcido, comenzó a mostrarse airada contra mí. Soplaba la racha negra, y soplaba tan inclemente y dura, que me arrebataba mis esperanzas todas. Fallaban mis más laboriosas martingalas; se malograban mis golpes de habilidad, mis corazonadas se desmentían y naipe que yo tocase era naipe funesto. Encarnizado en el desquite, me precipitaba con cierta cólera, obstinándome en despeñarme, agotando mis recursos, desafiando al porvenir. La intuición de que se me venía encima la catástrofe redoblaba mi desesperada energía. Debiendo ya sobre mi palabra crecida suma, busqué un prestamista -el más usurero, el más infame- y sin vacilar como quien cierra los ojos y se arroja a una sima, me abandoné a sus uñas, firmando cuanto quiso, comprometiendo mi honor a cambio de la inmediata posesión de la cantidad que necesitaba para saldar mi deuda en el Casino y tentar el golpe supremo. Estaba determinado a que no luciese para mí el día de confesarle a Ventura que nos aguardaba la miseria y la afrenta además. Cierto que a veces se me ocurría decirle: "Figúrate que yo era un negociante; he quebrado; es preciso resignarse y trabajar." Pero inmediatamente comprendía la imposibilidad, el absurdo de calificar de "quiebra" los resultados de mi desorden. Si caía a los pies de mi mujer revelando la verdad, tendría que implorar perdón, como cumple al que faltó a sus deberes. Antes morir, y morir me parecía la solución única del pavoroso conflicto. En aquellos instantes veía tan claro como la luz que la muerte era precisa y natural consecuencia de mi modo de entender la vida, y el derecho de jugar, hermano del de suicidarse: ambos se reducían a uno solo... "Usar y abusar..." Y morir sin miedo.

Con estos pensamientos volví a mi casa la tarde del día 24 de diciembre, llevando en el bolsillo la cantidad obtenida del usurero. No bien entré en la antesala, sentía que me abrazaban a un tiempo por el cuello y por las piernas. El primer abrazo era el de la mujer amante, que unía su rostro al mío con arrebato mimoso; el segundo... ¿Quién puede abrazar por más abajo de la rodilla sino el nene, el muñeco que se ensaya en romper a andar y aún necesita agarrarse a algo para no caer de bruces?

Sentí que el corazón se me hendía; sentí que me acudían lágrimas a los ojos; y apartándome bruscamente por disimulo, exclamé:

-¿Qué pasa? ¿A qué viene esto?

-Ha llegado Bernardo -respondió Ventura sorprendida de mi sequedad.

-Tío Nado -repitió mi pequeño, que acompañó esta gracia con una risa estrepitosa.

-Pues toma -dije entregando a mi mujer un puñado de billetes-: prepara una cena; pero una cena de verdad, como me gustan..., y ahora déjame, hijita, déjame un poco; quiero reposar, me duele la cabeza, y de aquí a la noche espero mejorarme para charlar con Bernardo.

Ventura obedeció, y yo me encerré a escribir una especie de testamento y despedida. Mis dientes castañeteaban; concluí la tarea, registré mis pistolas, las cargué, me eché sobre el sofá y fumé nerviosamente, cigarro tras cigarro, hasta que Ventura, solícita, vino a avisarme para cenar. Era temprano, porque el niño no podía faltar a la mesa en noche semejante y su madre evitaba tenerle despierto hasta las mil. Nos dirigimos al comedor, iluminado por bujías rosa, alegrado por la blancura de los manteles y el destellar del cristal y de la plata.

La sopa de almendra humeaba suavemente y trascendía a gloria; las frutas raras se apiñaban en el centro de mesa, reflejado por una luna de espejo circundada de rosas tardías; en las copas reía ya el Sauterne amarillo, y mi mujer, engalanada, compuesta, sonriente, con el rizado pelo algo fosco y las mejillas rubicundas, se acercó a mí y murmuró acariciándome con la voz:

-¿No saludas al forastero? Ahí le tienes.

Abracé a Bernardo, y empezó la cena, animada al principio por las genialidades del nene y las coqueterías de Ventura, empeñada en que alabase su tocado y tan resuelta a conquistarme, que hasta apoyó sobre mi pie el suyo chiquitín. Sin embargo, languideció la conversación bien pronto; no era difícil notar que Bernardo y yo estábamos pensativos. A las preguntas inquietas de mi esposa, respondía alegando cansancio y jaqueca; pero Bernardo, el de las chispeantes pupilas azules, declaró categóricamente:

-Tu marido tendrá lo que guste, y no querrá enterarnos de por qué parece un reo a quien le acaban de leer la sentencia ahora mismo; pero lo que es yo... estoy así... porque me da vergüenza cenar tan bien, con salmón, y ostras, y langostinos, y vinos añejos, y no poder ofrecer a algunas familias pobres, ya que no estos festines de Lúculo, al menos el pan del año, el fuego del hogar y ropa con que abrigarse las carnes. El apóstol enseñaba que los cristianos no deben encerrarse para comer manjares suculentos. Nosotros nos saciamos de cosas ricas, y vamos a brindar con un champaña... que ya lo conozco de otras veces... ¡Clicquot!, mientras los pobres... No puedo evitar esto, ni vosotros podéis; pero allá dentro hay un rincón de mi alma que llora. ¡Cómo ha de ser! ¡No acierto a remediarlo!

Decir esto el sacerdote y cruzar por mi imaginación el chispazo de una idea, fue todo uno; ni dio tiempo a la reflexión ni a que yo calculase el efecto que en Bernardo iban a producir mis palabras. Me levanté, llené una copa del champaña, que frío como nieve ya lucía en la jarra de cristal tallado, y la tendí a Bernardo, exclamando de un modo significativo:

-¡Pues brinda... o reza! Para que se logre un plan que tengo yo... Si se logra, asegurarás el pan a algunas familias.

Bernardo echó mano a su copa, y antes de alzarla, fijó en mí las fascinadoras pupilas. A mi parecer, me registraba el cerebro, me veía la conciencia y me leía como se lee un abierto libro.

De pronto, con súbita decisión tendió la copa, la acercó a la mía, las chocó, y pronunció majestuosamente:

-Brindo ahora... Rezaré después. Deseo que se logre tu plan... pero una vez sola, ¿entiendes? Una sola.

Consideré sellado el pacto. En mi superstición de jugador lo había ensayado todo, gitanas y médiums, amuletos y pueriles conjuros... todo, excepto el interesar a Dios por el cebo de la caridad, partiendo mis ganancias con el Árbitro supremo, cuya previsión sirve al ciego azar de invisible lazarillo. ¡Poner al Cielo de mi parte! Sí, porque el Cielo tampoco podía "querer" que yo ejecutase la resolución postrera y definitiva, la única que cortaba el nudo infernal de mi destino...

Así que terminó la cena, me levanté, alegué una excusa, dejé a Ventura malhumorada y a Bernardo meditabundo, y salí desalado, a jugar, no ya el dinero, sino la honra y la existencia, la existencia que en aquel momento me parecía tan seductora, tan digna de ser vivida, entre los halagos de una mujer enamorada y la luminosa sonrisa de un querubín que me pedía protección y ayuda para andar, cogiéndose a mis piernas...

Por las calles se oía tumulto de gentío, repique alegre de panderetas, rasgueos de guitarra; en las casas, la luz se filtraba delatando la reunión de los que se quieren en íntima fiesta; y yo pensaba, mientras el coche que había tomado a mi puerta iba rodando hacia el Casino: "Si marro, ésta es mi Nochebuena última."

¿Sabéis lo que se llama una suerte desatinada, increíble, loca? Pues así la tuve yo desde el primer instante. Sobraban horas para jugar, y estaban allí los puntos fuertes, los de repleta cartera y crédito firme. Sin tregua los arrollé; no recuerdo vena igual: parecía cual si viese al trasluz las cartas que iban a salir, o un poder invisible me dictase la puesta. Como si Dios se esmerase en cumplir el pacto, mi vena aumentó desde que sonó la medianoche.

Al regresar a mi domicilio, entré en el cuarto de Bernardo. El cura estaba despierto; me esperaba sin duda

-Acuéstate -le dije- y duerme bien, que mañana tendrás con qué dar a esas familias pobres el pan del año.

Vi en el expresivo rostro del sacerdote indicios de perplejidad y zozobra. Comprendía perfectamente el origen del dinero que yo venía a ofrecerle en cumplimiento del trato y su conciencia batallaba con su pasión de hacer bien, de consolar penas, de enjugar lágrimas. Débil, por fin, vencido del deseo, sacudido por una trepidación interior que le enronqueció la voz, siempre sonora, me cogió las manos entre las suyas y murmuró:

-Acepto... Venga... Sólo que ¡acuérdate!... La condición...

-Hoy ha sido la última vez: palabra de honor -respondí adelantándome a su ruego.

No sé si me creeréis, pero no he jugado más desde aquella Nochebuena. Al principio se me crispaban los dedos y la cabeza se me desvanecía con el ansia de volver a probar las amargas delicias del juego; después, poco a poco, vino la calma: el olvido ¡nunca! Negocié, labré una fortuna, y aprendí que puedo usar de ella, pero no abusar. Sé que soy depositario. El dueño está arriba.

Este cuento pasa en el siglo XVI en una de esas ciudades de Italia que gobernaba un tirano. Llamémosla a la ciudad, si queréis, Montenero, y a su tirano, Orso Amadei.

Orso era un hombre de su época, feroz, desalmado, disimulado en el rencor, implacable en la venganza. Valiente en el combate, magnífico en sus larguezas y exquisito en sus aficiones artísticas, como los Médicis, festejaba en su palacio a pintores y poetas y recibía en su cámara privada a los sospechosos alquimistas de entonces, que si no consiguieron fabricar oro, no ignoraban la fórmula de destilar activos venenos.

Cuando a Orso le estorbaba un señor, le atraía, jurábale amistad, comulgaba con él -¡horrible sacrilegio!- de la misma hostia, le sentaba a su mesa..., y en mitad del banquete el convidado se levantaba con los ojos extraviados y espumeante la boca, volvía a caer retorciéndose..., mientras el anfitrión, con hipócrita solicitud, le palpaba para asegurarse de que el hielo de la muerte corría ya por sus venas.

Con los villanos no gastaba Orso tantas ceremonias: los derrengaba a palos, o los dejaba consumirse de hambre en un calabozo.

Orso era viudo dos veces: a su primera mujer la había despachado de una puñalada, por celos; a la segunda, la única que amó, se la mató en venganza Landolfo dei Fiori, hermano de la primera. Ésta no había dejado hijos: la segunda, sí: una hembra y dos varones. Perecieron los varones en un oscuro lance militar, una emboscada que tal vez preparó el mismo Landolfo, y quedó la niña Lucía para continuar la maldita familia de Amadei.

Discurría ya su padre el príncipe con quién desposarla, cuando Lucía declaró que deseaba tomar el velo. Orso se desesperó, porque a su manera, adoraba a aquel último retoño de su raza; mas no hubo remedio; la voluntad de Lucía se impuso, y la niña entró en un monasterio de la Orden de Santo Domingo, en que había florecido Catalina, llamada Eufrosina, a quien el mundo venera hoy con el nombre de Santa Catalina de Siena.

La tierna juventud, la cándida belleza y la ilustre cuna de la hija del tirano aumentaron el asombro de su penitencia. En un siglo ya pagano renovó las duras penitencias de edades más fervorosas.

Su alimento era un puñado de hierbas cocidas; su cama, dos quilmas sin paja; su ropa interior, un burdo tejido de Cilicia que llagaba la delicada piel; y cuando se levantaba para orar, en las noches de enero, después de tomar una hora de descanso sobre las losas húmedas, que quebrantaban sus huesos todos, apenas podía sostenerse de debilidad y las palabras del rezo se confundían en su boca.

Porque Lucía, hija al fin de los Amadei, no había nacido para la mortificación y el dolor, sino para agotar las alegrías de la vida, para recrearse en el grato sonido del bandolín, en el armonioso ritmo de las estancias de los poetas, en la magia del color, en la dulce y misteriosa calma de los jardines, donde sonreía la eterna hermosura de las estatuas griegas y sólo el peso de ajenas culpas y el anhelo de la expiación la habían arrojado palpitante de angustia y de terror al pie de los altares, donde a cada minuto recordaba involuntariamente el mundo y sus goces.

Como Catalina de Siena, más de una vez se vio asaltada por tentaciones impuras y por imágenes engañadoras y burlonas; pero abrazada a la cruz, resistió heroicamente; lloró, se hirió las carnes y, al fin, conoció la victoria en la paz que descendía a su espíritu. Arrobos y dulzuras inexplicables sucedieron a los desfallecimientos, y Lucía se sintió consolada.

Llegó Navidad, aniversario de su profesión. Vino la Nochebuena acompañada de mucha nieve; pero cuanto más espeso era el sudario que cubría el huerto del convento, más calor notaba Lucía en su celda solitaria; una ilusión singular le mostraba, al través de los emplomados vidrios, que en lugar de copos de nieve llovían sobre las ramas de los árboles y sobre la dura tierra millares de azucenas nítidas, finas como plumas arrancadas del ala de los ángeles.

Sembrado de azucenas estaba todo, y la blancura del jardín despedía una claridad que alumbraba la celda con rayos de luna, más vivos y lucientes que la misma plata. De pronto, envuelto en olas de luz apacible, Lucía vio a un precioso Niño: una criatura que sonreía, que tendía los bracitos, y a quien la monja recibió enajenada en ellos.

-Esta noche -dijo el Niño amorosamente- he querido favorecerte, Lucía, y en vez de nacer en el pesebre, naceré en la celda donde tantas veces me has invocado.

Lucía permaneció algunos instantes fuera de sí: el favor era extraordinario y, en su humildad, no se creía digna de él. Apenas pudo recobrarse, juntó las manos y se postró implorando al Niño.

-Si quieres que sea dichosa tu sierva, Niño, mi Niño del alma..., concédeme lo que voy a pedirte. ¡Ah!, es cosa grande y difícil; pero si Tú no puedes realizar imposibles, ¿quién los realizará? Acuérdate de lo que he luchado, acuérdate de mis sufrimientos..., y en vez de nacer aquí, dígnate nacer en otro lugar oscuro, horrible, desolado...: el corazón de mi padre, Orso Amadei.

Halagando el Niño con sus manecitas el rostro de la penitente, la miró lleno de tristeza.

-¿Sabes lo que pides, Lucía? ¿Sabes que ese corazón donde pretendes que yo nazca es más duro que la piedra, más sangriento que el cadalso, más fétido que el sepulcro? ¿Sabes que para entrar allí tendré que apartar con mi cuerpo desnudo los espinos y los abrojos y las ponzoñosas hierbas, y sentir cómo se enroscan en mi cuello las víboras y cómo trepan por mis piernas los fríos reptiles? ¡Yo he sabido morir del modo más afrentoso; pero al tratarse de nacer, busqué dulzura y amor; nací entre sencillos pastores, no entre lobos carniceros! En fin, Lucía, ya que has combatido por mí, no he de negarte lo que deseas... ¡Esta noche, mi establo de Belén será el corazón de fiera de tu padre!

Al oír la promesa del Niño, Lucía experimentó tan súbito gozo, que no lo pudo resistir. Cayó inerte sobre las losas. La luz, la visión, el perfume de las azucenas, todo desapareció, y al través de los emplomados vidrios sólo se vio el huerto amortajado de nieve.

A aquella misma hora, Orso Amadei celebraba un festín en su palacio; mejor que festín hay que decir orgía. No era una cena donde los dichos agudos y las alegres historietas hiciesen volar las horas, y en que la presencia de las damas, incitando a la galantería, contuviese a la brutalidad. De estas cenas había dado muchas Orso; pero también gustaba de otras más desenfrenadas, a que sólo asistían sus capitanes semibandidos, sus bufones y sus familiares, gente cínica y perversa.

Si se mezclaba con ellos alguna mujer, era la infeliz juglaresa sorprendida en la plaza pública, y que, después de servir de ludibrio a los convidados, aparecía al día siguiente con el cuerpo acardenalado, medio muerta, arrojada en cualquier callejuela de la ciudad. Aquella noche, Ridolfi, uno de los capitanes de Orso, había anunciado mejor presa: justamente acababa de cazar a una joven muy linda, ¡peor para ella si andaba a tales horas por la calle! Alborotáronse los bebedores; Orso, riendo a carcajadas, ordenó que trajesen a la jovencita, que entró, empujada por los soldados, temblorosa, desgreñado el rubio pelo, y los hombres se engrieron al verla, porque era en verdad soberanamente hermosa.

Orso clavó en ella sus ojos impúdicos; tendió la mano, apartó los rizos de oro..., y asombrado se echó atrás; en la niña desvalida, dispuesta allí para ultrajarla, veía el rostro de su hija Lucía, las mismas facciones, las mejillas, la frente, sonrojada de vergüenza.

-Soltad a esa mujer -gritó Orso-. Que la acompañen a su casa con el mayor respeto. Que nadie le haga daño... ¡Ay del que toque un cabello de su cabeza! Que se la trate como a mi persona...

Los beodos, atónitos, obedecieron sin comprender. Continuó el festín; pero Orso, preocupado y sombrío, no apuraba la copa. Deseoso Ridolfi de animarle, hizo una seña, entendida al vuelo, y pocos minutos después, un preso moribundo de hambre fue traído a la sala del banquete. Solían divertirse en sacar de su mazmorra a uno de éstos, a quienes desde días antes privaban de alimento; sentarle a la mesa, ofrecerle algún exquisito manjar, y cuando iba a engullirlo, sollozando y aullando de contento, se lo quitaban de la boca y le vertían en ella la ardiente cera de los hachones que alumbraban la orgía.

El preso era joven, y Orso, bromeando, le tendió un plato de asado, humeante, y una copa de "Lácrima"; mas al verle de cerca, profirió una imprecación. Los ojos que le fijaban con doloroso reproche desde aquella extenuada faz de mártir, la boca que le daba las gracias, eran la boca y los ojos de Lucía, su propia mirada, que el padre no podía desconocer, mirada de reflejo cariñoso, luz del alma que busca otra luz igual.

-Que suelten a éste -mandó Orso-. Antes, dadle bien de comer cuanto desee. Y regaladle dos jarros de oro, y vino a discreción... Que se le trate como a mi persona... ¿Lo oís? ¡Cómo a mi persona!

Ridolfi, gruñendo, cumplió la orden. Casi al punto mismo en que salía el preso, se presentó en la sala del festín una mujer vieja, con un chiquitín en brazos.

-Piedad, gran señor -exclamaba-, piedad de la criatura que aquí ves. Este pequeño es el hijo de tu cuñado Landolfo dei Fiori, a quien aborreces, y unos soldados, por orden tuya, según dicen, le quieren estrellar contra el muro. Tú no puedes haber dado tan cruel orden, y yo le pongo bajo tu amparo.

Al nombre odiado de Landolfo, Orso se estremeció de furor, y desnudando el puñal, iba a atravesar la garganta del pequeño...; pero éste, apacible, le sonreía, y su sonrisa era la sonrisa encantadora, inolvidable, de Lucía cuando su padre la acariciaba, en los días de la niñez.

Orso, vencido, cayó de rodillas, y golpeándose el pecho empezó a acusarse en voz alta de sus pecados; porque Jesús, fiel a su promesa, acababa de nacer en aquel corazón más oscuro que el abismo infernal.

A la mañana siguiente, Orso recibió la noticia de que su hija había expirado a las doce en punto de la noche.

El tirano se ató una soga al cuello, recorrió descalzo las calles de la ciudad, pidiendo perdón a los habitantes, y, apoyado en un bastón, se alejó lentamente. Nunca se volvió a saber de él. ¡Dichosos aquellos en cuyo corazón nace el Niño!

"La Época", 1896.

Voy a contaros un cuento de la gran Noche, que me refirió un viejo peregrino, cansado ya de recorrer todos los caminos y senderos de este mundo y deseoso únicamente de recostar la cabeza en una piedra y morir olvidado. Si el cuento es algo sombrío, atribuidlo a la fatiga y a las muchas desventuras del que me narró esta especie de sueño.

La Noche de Navidad en uno de estos últimos años, habéis de saber que nuestro Señor Jesucristo en persona quiso bajar a la Tierra y recorrerla, porque como nadie ignora, si ha leído el texto santo, las delicias de Jesús son morar entre los hijos de los hombres.

Dejó, pues, su trono y su asiento a la diestra del Padre, y ocultando la majestad y belleza de su aspecto bajo forma que no deslumbrase a los ojos mortales y que a veces ni aun fuese visible para ellos, descendió al mundo, deseoso de encontrar piedad, amor y fraternal regocijo. La Naturaleza parece asociarse a la solemnidad del día: en el firmamento, claro como una bóveda de cristal, brillan los astros de oro y de esmeralda pálida, titilando cual una mirada cariñosa: ni corre un soplo de aire, ni una partícula de humedad condensada en figura de nubecilla empaña la magnificencia de la hora nocturna.

En el polo, cuando se apoya sobre la helada extensión el pie sagrado de Jesús, enciéndese súbitamente, como para festejarle, una espléndida aurora boreal: reflejos abrasadores, purpúreos y anaranjados, colorean la nieve y arrancan de los enormes témpanos centelleo diamantino. Mas ¿qué le importa a Jesús la magia del espectáculo? Lo que Él busca es luz de aurora en los corazones; le atraen los fenómenos del alma, no los juegos de un meteoro en las rocas insensibles y en las heladas estepas.

Y pasa adelante.

El primer lugar donde encuentra hombres, es una llanura árida, el fondo de un valle que altas montañas limitan y coronan. Hombres, sí, cubren el suelo, apretados como la mies cuando la tumba la guadaña del regador; pero hombres inmóviles, yertos, crispados, en posiciones violentas; y en sus rostros lívidos vueltos hacia el cielo resplandeciente de dulce claridad estelar, en sus ojos abiertos y sin mirada, una expresión de rabia o de espanto persiste, a despecho de la muerte... Porque son cadáveres los que cubren la llanura, y la llanura es un campo de batalla.

Jesús, pensativo, los contempla breves instantes. En los pechos abiertos, las heridas bermejas parecen bocas; en las frentes destrozadas, los negros coágulos de sangre mariposas fúnebres de esa horrible especie llamada Atropos, que lleva sobre el corselete la figura de una calavera. Algunos de los hombres que yacen en la llanura respiran todavía: prestando oído se percibe su ronco estertor agónico. Una mujer anciana, deshecha en llanto, amparando con la mano trémula lucecilla, cruza inclinándose para ver los rostros: busca tal vez a su hijo entre los muertos. Un caballo sin jinete pasa, olfateando la carnicería y huyendo enloquecido...

Y Jesús sigue, se aleja.

Entra en una ciudad populosa. Por las calles circula gente alborozada, gozando la deliciosa templanza en una noche tan apacible como las primaverales. Voces vinosas entonan cantos desafinados; las guitarras acompañan con su rasgueo procaz coplas equívocas; las panderetas repican incesantemente, y discordes sonidos de rabeles, zambombas, chicharras, carracas de metal, se enzarzan en el aire cual brujas volando al sábado. La multitud, desparramándose por las calles, se arremolina ante los cafés atestados, sofocantes de calor; a veces, un grupo se cuela por la puerta de alguna hedionda tabernucha, de donde salen pateos, algazara, blasfemias y vaho de aguardiente.

Ante una de estas innobles guaridas se para el Nazareno. Ve allá en el fondo un grupo alrededor de una mesa: dos hombres y una mujer. Ella da cuerda a entrambos; los provoca, los enreda; ellos beben copa tras copa, y disputan. El uno arroja un vaso a la cara del otro; el vaso se hace pedazos, el hombre se incorpora chorreando heces de vino mezclado con sangre. Los demás bebedores intervienen, amontonan al sano, aplacan al herido, le enjugan la faz, bromean, obligan a los adversarios a reconciliarse, les incitan a que se abracen riendo; el sano tiende los brazos con cordialidad y sin recelo alguno; el herido desliza en el bolsillo la mano abierta; corta el aire el relámpago de una navaja y cae un hombre con el pulmón partido.

Jesús se desvía, sigue andando, y ve un portal grandioso, iluminado, sostenido en columnas de rojo mármol con capiteles de bronce. Sube la escalera, que revisten densas alfombras y decoran nobles tapices de batallas y cacerías, y penetra en una antecámara de vastas proporciones, donde hacen la guardia criados de calzón corto y armaduras ecuestres auténticas. La antecámara da acceso a un saloncito sin muebles, alumbrado por centenares de globos eléctricos, y en el fondo del saloncito, bajo celajes de tul fino batidos como espuma, aparece un encantador Belén, un Nacimiento para niños millonarios, obra de arte más que de ingenua devoción. Al través de los campos y de los oteros imitados con musgo y piedra pómez, salpicados de palmeritas enanas, y de sicomoros gentiles y diminutos, se deslizan murmurando riachuelos naturales, que sin duda algún ingenioso mecanismo hidráulico hace correr. De los montes de piedra pómez, en cuyas cimas reluciente polvo blanco remeda la nieve, desciende el torrente Cedrón, y del césped verdadero de los jardines se lanzan y se pulverizan en el aire enhiestos surtidores. Un lago en miniatura refleja en su cristalino seno las torres de Jerusalén, el circuito de sus murallas, las cúpulas del templo y los apretados olivos del huerto de Getsemaní, que trepan por la ladera. Los mil pintorescos detalles de los nacimientos no faltan en éste, sólo que las figuras, perfectamente modeladas, son muñecos primorosos, y desde el grupo de pastores que se arrodilla como en éxtasis, hasta los Reyes Magos que, caballeros en sus dromedarios, asoman por una garganta salvaje, todo revela la mano del hábil escultor. El prodigio es la gruta; hecha de cristales de roca menudísimos y cristalizaciones de amatista, se irisa con múltiples cambiantes al herirlas la luz del foco eléctrico en forma de estrella, que, suspendido de un hilo de perlas, oscila a gran altura. Y en la gruta deslumbradora, entre un asno y un buey de plata cincelada, la Virgen, de oro, vela al Niño, de oro y esmalte también, con la cabecita de madreperla. Para ostentar dignamente aquel grupo, joya de la orfebrería florentina del Renacimiento, tal vez de Benvenuto Cellini aquellas efigies en que la riqueza de la materia compite con lo inestimable de la ejecución, se ha armado, sin género de duda, el Belén suntuoso, y han corrido los torrentes y las cascaditas bajo las palmeras y los olivos.

Lo extraño era que no hubiese nadie, nadie absolutamente, en el salón; nadie para admirar tal maravilla, nadie para acompañar al Niño Jesús de oro y piedras, a fin de que no helase en su gruta de cristalizaciones, entre los reflejos violáceos de amatista y los destellos multicolores de la diáfana roca... Y sin embargo, el palacio no debía de estar desierto, sino al contrario, lleno de gente: se notaba en la atmósfera esa vibración, esos efluvios tibios que solo produce el aliento de muchos hombres y mujeres reunidos para una fiesta. Del fondo de una galería llegaba a veces prolongado murmullo, las rotas cadencias de una música alada y sensual, el gorjeo de las risas. Jesús adelantó y se encontró en la galería, bello jardín de invierno, decorado por gigantescas plantas y árboles de remotos climas, gomeros y lantanas de enormes hojas, ciccas y pandanos de complicada estructura semejantes a pagodas y obeliscos de porcelana verde. Esparcidas por el jardín se veían las mesas

donde cenaban alegres grupos, mujeres engalanadas, acribilladas de pedrería, hombres que ostentaban sobre la solapa de raso de su frac grana gardenias ya mustias por el calor. La orquesta de cuerda, oculta en un quiosco árabe que revestían floridas enredaderas, acompañaba suavemente el rumor de las conversaciones y de las carcajadas melodiosas, el ticliteo de las transparentes copas que el champaña orlaba de espuma, y el levísimo choque de los platos, que la destreza de los criados amortiguaba lo posible. Era una lujosa cena de Navidad. Jesús retrocedió, volvió al salón del Nacimiento, donde se vio otra vez en el establo, niño y solo. El roce de unos pasos sobre el pavimento de incrustaciones de madera se dejó oír, y una mujer, una jovencilla, de ojos azules, de blanco traje apenas escotado, penetró en el saloncito, fue derecha al Belén, y envió una tierna sonrisa al Niño, que contempló despacio con amor. Después, como el que tiene que ocultar una escapatoria, volvió precipitadamente a la galería, donde tal vez la echasen de menos. Era la hija del dueño de la casa. El Niño de oro ya no sentía tanto frío, y Jesús, extendió la mano, bendijo a la doncellita, la única que se acordaba del Misterio...

Salió del palacio sin volver atrás la vista, y alejóse del pueblo, de la gran ciudad corrompida y fangosa, como se había alejado del siniestro y sangriento campo de batalla. Un cambio repentino en la atmósfera presagiaba temporal; nubarrones densos y oscuros como plomo corrían por el cielo; ráfagas de cierzo glacial azotaban los árboles, y se oía el mugir pavoroso del mar rompiéndose contra los escollos. Jesús se encontró en una aldea de pescadores, mísero grupo de chozas, colgado a guisa de nido de gaviota en una escotadura de la costa salvaje. A pesar de la hora, bastante avanzada para gente que suele economizar luz, nadie duerme en la aldea.

Ábrense de golpe las puertas de las cabañas, y hombres y mujeres, provistos de faroles encendidos y de largas pértigas, de bicheros, de cestos y de sacos, se dirigen en tropel hacia la playa, despreciando el viento que les azota el rostro y la lluvia que empieza a caer sacudida por las rachas furiosas del huracán. Imponente aspecto el del Océano: olas gigantescas, con cresta de espuma, se encrespan descubriendo abismos, y el sulfuroso zigzag de un relámpago alumbra en el fondo de una sima a una embarcación que corre sin rumbo. Los ribereños alzan las luces, las hacen brillar, y el barco, que en ellas cree distinguir la salvación, el puerto amigo, maniobra hacia la costa, y, precipitándose, va a chocar contra el bajío donde se clava despedazado.

Los náufragos, que a la luz de otro relámpago habían podido verse sobre el puente, en actitud de terror y desesperación, se arrojan al agua, asidos a tablas, cogidos a cuerdas, montados sobre barriles; y luchando con las monstruosas olas, que los sacuden y zapatean contra el peñascal, nadan desesperadamente para alcanzar la playa, en que brillan y corren las luces, en que ven agitarse seres humanos. Y entonces se verifica algo espantoso: los que en la playa esperan a los náufragos, al verlos llegar moribundos, con las pértigas, con los bicheros, con remos, con palos, con cuchillos, los rechazan hacia el agua otra vez; pero antes los despojan de la cintura de cuero en que salvaban oro y papeles de la cartera que se ataron bajo el sobaco al comprender el peligro, de la ropa, de cuanto poseen; y por si las olas tardasen en hacer su oficio, aturden a los infelices de un golpe en la cabeza, y así los arrojan al piélago, inertes ya. Y danzando de júbilo, gruñendo como canes por el

reparto del botín, esperan la madrugada al pie de los escollos, para recoger los despojos del buque que el mar escupiría bien pronto, aprovecharse de la feliz albana y celebrar después con grosero y copioso banquete el día de la Natividad del Señor...

El Redentor ha huido de la playa, sus ojos están nublados, su alma triste hasta la muerte, según estaba cuando sudó sangre en Getsemaní. Y su corazón, abrasado de caridad como nunca, insaciable en amar a los hombres, siente las espinas de la corona que se le clavan, agudas e invisibles. ¡Para esta raza había nacido en el establo y había muerto en la cruz!

Entrando en una de las cabañas que los pescadores dejaron desiertas al salir a su horrible pesca de náufragos, divisa, en un rincón cerca del fuego, un niño arrodillado. Al verse tan solo, el rapaz ha

tenido miedo, se ha acercado al hogar buscando abrigo, y reza buscando amparo y protección. Jesús
le coge en brazos, le besa, le acuesta, le pone la mano en los ojos y le deja tranquilamente dormido,
soñando con los ángeles. Y al ascender otra vez al cielo, se lleva Jesús en el hueco de la mano
cuatro perlas: las lágrimas de una madre que buscaba a su hijo en el campo de batalla; el orar de un
hombre que pide le sea perdonado un agravio; la sonrisa de una doncella, y la oración de un
inocente.

"La Ilustración Artística", núm. 782, 1896.

De vuelta a su casa, ya anochecido, don Julio Revenga -sentado en el tranvía del barrio de Salamanca, metidas las manos en los bolsillos del abrigo gabán con cuello y maniquetas de pieles- rumiaba pensamientos ingratos. Su situación era comprometida y grave, doblemente grave para un hombre leal y franco por naturaleza, y obligado por las circunstancias a engañar y a mentir. ¡Qué cara pagaba una hora de extravío! La tranquilidad de su conciencia, la paz de su casa, la seriedad de su conducta, todo al agua por algunos instantes en que no supo precaverse de una tentación.

Mientras el cobrador iba cantando las estaciones del trayecto y el coche despoblándose, Revenga daba vueltas a la historia de su yerro. ¿Cómo había sido? ¿Cómo había podido suceder? Como suceden esas cosas: tontamente. Si no es la quiebra de su amigo y paisano Costavilla, no tendría ocasión de ponerse en frecuente contacto con la hermana, aquella Anita Dolores -mujer ya espigada en los treinta años, y más desenvuelta que candorosa.

-Ante la desgracia de la quiebra, Costavilla perdió la energía y la esperanza; pero Anita Dolores, en cambio, se reveló llena de aptitudes comerciales, dispuesta, activa, resuelta a salvar la casa de cualquier modo. Para sus gestiones se asesoraba con Revenga, le pedía auxilio, préstamos, celebraban conferencias que duraban horas. Al manejar los papeles, al calcular probabilidades de liquidación, establecíase entre los dos una intimidad chancera, que se convertía de repente, por parte de Anita, en afición inequívoca. Al sospechar Revenga lo que iba a sobrevenir, ya estaba interesado su amor propio, encendida su imaginación. Sin embargo, la fiebre duró poco: el esposo leal, el hombre honrado e íntegro, se dio cuenta de que era preciso cortar de raíz lo que no tenía finalidad ni excusa. Sacrificó de buen grado algunos miles de duros para sacar a flote a Costavilla, y se apartó de Anita Dolores con propósito de no verla más.

No contaba con las fatalidades de la Naturaleza. Ocultamente, en apartado rincón de provincia, Anita Dolores dio al mundo una criatura. Fue el castigo providencial, no sólo para ella, sino para Revenga, que no había tenido prole de su matrimonio, ni esperanzas. Y al rodar del tranvía, que apresuraba su marcha, el vacilar de la luz de la linterna que se proyectaba sobre los vidrios nublados por el cielo del aire exterior, Revenga quería dominar una tristeza inconsolable, una amargura que le inundaba como ola de hiel. Nunca vería a su niña; nunca la estrecharía, nunca la tendría sobre las rodillas ni la besaría riendo... Anita Dolores, vengativa y tenaz, la había escondido, la había hecho desaparecer. ¿Desaparecer?... ¡A cuántas conjeturas se presta este verbo!

¿Qué era de la niña?... A aquella hora, cuando Revenga penetraba en su morada lujosa, en su comedor que la electricidad alumbraba espléndidamente y la leña de encina calentaba, intensa y crujidora; cuando la intimidad del hogar le sonriese, y las golosinas de Nochebuena lisonjeasen su apetito, ¿dónde estaría la abandonada? ¿En qué casucha de aldeanos, en qué glacial dormitorio del Hospicio? ¿Vivía siquiera? ¿Valía más que viviese?

Estremeciéndose de frío moral, Revenga subió el cuello del gabán y caló el sombrero. Desolación inmensa caía sobre su alma. Precisamente acababa de saber en casa de unos amigos de Costavilla, donde solía preguntar disimuladamente por Anita Dolores, noticias alarmantes. ¡Anita Dolores se casaba! El nuevo socio de Costavilla, mozo emprendedor y dispuesto, era el novio. No mortificaban los celos a Revenga; no le quitaban el sueño memorias de lo pasado... Pensaba en la suerte de su niña, y aquella boda oscurecía más aún el misterio de su destino. ¡Ah! ¡Pues si creían que iba a quedarse así, con los brazos cruzados y mucha flema británica! ¡Desde el día siguiente -desde temprano-, que Anita Dolores se preparase! ¡Allí iría, a reclamar la chiquilla, a escandalizar si era preciso! El escándalo repugnaba a su carácter; el escándalo podía herir de muerte a Isabela, su mujer, enterándola de lo que debía ignorar siempre... No importa, escandalizaría, ¡voto a sanes!

Cantaría claro; desbarataría la boda; pondría en movimiento a la Policía, si era preciso...; pero le darían su pequeña, y la entregaría a personas que la cuidasen bien, y la educaría y haría que de nada careciese..., y, sobre todo, la vería, la besuquearía, le llevaría juguetes en la Navidad próxima... Con firme determinación cerró los puños y apretó los dientes. ¡Amanece, día de mañana!

Entre tanto, Isabel, la esposa de Revenga, acababa de adornarse en su tocador. La doncella abrochaba la falda de seda rameada azul oscuro, y prendía con alfileres la pañoleta de encaje, sujeta al pecho por una cruz de brillantes y zafiros -el último obsequio de Revenga, traído de París-. Con inocente coquetería se alisaba el pelo ondulado y se miraba en el espejo de tres lunas, cerciorándose de que las señales de las lágrimas se habían borrado del todo, después del lavatorio con colonia y el ligero barniz de velutina. ¡El llanto no tenía para qué notarse!

Ya vestida y engalanada, pasó a un cuartito contiguo a la alcoba, donde solía guardar baúles, pero que ahora presentaba aspecto bien distinto del de costumbre. Tapizaban las paredes ricas colchas y cortinas de raso y damasco; corría por el techo un cordón de focos eléctricos, y cubría el piso blando tapiz. En el testero, como a una vara de altura, se levantaba un tabladillo, y sobre él un Nacimiento, el Belén clásico español, con su musgo en las praderías, sus pedazos de vidrio y de hojalata imitando lagos y riachuelos, sus selvas de rama de romero, sus torres puntiagudas de cartón, sus pastorcicos de barro, sus dromedarios amarillos y sus Magos con manto de bermellón, muy parecidos a reyes de baraja. Dos diminutos surtidores caían con rumor argentino, bañando las plantas enanas en que se emboscaba el Portal. Isabel se detuvo a contemplar los hilitos del agua, a escuchar el musical ritmo, y recordó sus propias lágrimas, y sintió nuevamente preñados de ellas los ojos y rebosante el corazón... La injusticia, la maldad, la mentira, lastimaban a Isabel más aún que la ofensa. ¿Por qué la engañaban, a ella que era incapaz de engañar, enemiga de la falsedad y el embuste? ¿Cabía salir de casa despidiéndose con una sonrisa y una caricia para ir a pasar horas en compañía de otra mujer?

Los surtidores goteaban, gimiendo bajito, e Isabel también gimió; el son del agua que cae se adapta a la alegría lo mismo que a la pena; para unos es concierto divino, para otros, queja desgarradora.

Quejábase el alma de Isabel, pidiendo cuentas, exponiendo agravios, alegando derecho y razón. ¿No había ella cumplido sus promesas, lo jurado al pie de aquel altar, pedestal y morada de su Dios? ¿No había sido siempre fiel, dulce, enamorada, dócil, casta, buena, en fin? ¿Por qué su compañero, su socio en la familia, rompía secretamente el pacto?

La mirada de la esposa de Revenga se fijó, nublada y húmeda, en el Belén, y la luz de la estrellita, colgada sobre el humilde Portal, la atrajo hacia el grupo que formaban el Niño y su Madre. Isabel lo contempló despacio, y un cuchillo aguado de dolor se le hundió en el pecho.

"No pidas cuentas... -parecía decir la voz del grupo-. No te quejes... Tú no has dado a tu esposo sino la mitad del hogar; tú no le has dado el Niño..."

La esposa permaneció un cuarto de hora sin ver el Nacimiento, viendo sólo, en las tinieblas interiores de sus penas, lo que cada cual, durante ciertos supremos instantes que deciden el porvenir, ve con cruel lucidez: lo fallido de su existencia, el resquicio por donde la desgracia hubo de entrar fatalmente...   Suspiró muy hondo, como para echar fuera toda la pesadumbre, y poco a poco se apaciguó; su condición era resignarse, aceptar lo dulce, rechazando mansa y tenazmente lo amargo.

"El Niño Dios me está diciendo que hice bien, muy bien..."

La sonrisa volvió a sus labios, aunque sus ojos estaban anegados en un llanto que no corría. En aquel mismo instante se oyeron pisadas fuertes en el pasillo, y apareció Julio Revenga.

-¿Qué es esto? -preguntó con festiva extrañeza a su mujer-. ¿Has hecho un Nacimiento para divertirte?

-Para divertirme yo, no -respondió expresivamente Isabel, ya serena del todo-. Tengo los huesos durillos para divertirme con Belenes... Es... ¡para divertir a una criatura...!

-¡A una criatura! -repitió maquinalmente el esposo-. ¡No será nuestra esa criatura! -añadió de un modo irreflexivo, que tal vez respondía a sus íntimas preocupaciones.

-¡Qué sabes tú! -murmuró Isabel con calma.

Debió de palidecer Revenga. Bajó la cabeza, desvió el rostro. Tales palabras despertaban eco extraño en su espíritu. ¡Cómo había pronunciado Isabel la sencilla frase!

-No entiendo... -tartamudeó el infiel, con raros presentimientos y peregrinas sospechas.

-Ahora entenderás... ¿No tienes hijos, Julio? -interrogó ella derramando dulzura y compasión, y, por extraña mezcla, despecho involuntario.

Él no contestó. Medio arrodillado, medio doblegado, cayó sobre la banqueta de terciopelo frente al Belén. El mundo se le venía encima: ¡lo que adivinaba era tan grande, tan increíble! Quería pedir perdón, disculparse, explicar..., pero la garganta se resistía. Isabel, llegándose a su marido, le echó al cuello los brazos, sofocada su indignación, pero magnífica de generosidad.

-No se hable más del caso... Tranquilízate... Así como así, estábamos muy solos, muy aburridos a veces en esta casa tan grandona. Yo tenía muchas, muchas ganas de un chiquillo, ¿sabes? No te lo decía por no afligirte. Hace catorce años que nos hemos casado, de manera que ya las esperanzas... ¡Qué se le ha de hacer! No es uno quien dispone estas cosas... Vamos, no te pongas así, Julio, hijo mío... Alégrate. ¡Hoy nos ha nacido una pequeña!...

Revenga, en silencio, besó las manos, besó a bulto la cara y el traje de su mujer. Temblaba, más de vergüenza y de remordimiento -es justo decirlo- que de gozo. Sus labios se abrieron por fin, y fue para repetir desatentadamente:

-¿Cómo has sabido...? Mira, yo no veo a esa mujer..., te juro que no, que no la veo... Te juro que no me importa, que la detesto, que...

-Estoy bien informada -contestó Isabel un tanto desdeñosa, apacible-. Me consta que no la ves ni la oyes. Su venganza, su desquite por tu abandono, fue enterarme de "todo"... y, por fin de fiesta, enviarme la niña... Y ya que me la envía..., ¡caramba!, no la he soltado, ¿sabes? Está en mi poder... La reconoceremos, arreglaremos lo legal. Que no le quede a "ésa" ningún derecho...

Al aflojarse el nuevo abrazo de los esposos Revenga imploró:

-¡Tráemela!... No la conozco todavía...

"La Ilustración Artística", núm. 886, 1898.

El destacamento había marchado toda la mañana, y, después de un breve alto, fue preciso seguir la caminata emprendida para acampar, ya anochecido, como Dios dispusiese, en la linde del bosque. La lluvia (rara en aquel clima durante el mes de diciembre) no había cesado de caer en hilos oblicuos, apretados y gruesos. Sorprendidos por el capricho de las nubes, desprovistos de mantas y capotes, soldados y oficiales se resignaron, o, mejor dicho, se chancearon con el agua; y era preciso todo el azogue de la juventud, todo el ánimo del soldado, todo el estoicismo del carácter peninsular, para no darse al mismo demonio al sentirse empapados como esponjas. Hacía calor, y el chorreo del agua no parecía sino que aumentaba la densidad de la temperatura pegajosa, sofocante, y con la marcha, irresistible. ¡Sudar el quilo y mojarse a un tiempo, caramba! Y no había otro remedio que seguir andando, a socorrer al pueblecillo cercado por los insurrectos, donde hacían desesperada y heroica defensa los moradores, capitaneados por el párroco, un fraile dominico muy terne... La idea de salvar a españoles y españolas de la muerte y de los ultrajes alentaba al destacamento y le ponía alas en los pies, aunque el barro, que subía hasta las rodillas, se los calzase de plomo.

Por necesidad, porque no se veía, y también porque las fuerzas humanas tienen un límite, se detuvieron a la entrada de la selva. Casi en el mismo instante cesó el aguacero, cual si algún tifón lo hubiese barrido, y apareció un trozo de cielo limpio de nubes. A buen presagio lo tuvieron los españoles, que se dispusieron a acampar al pie de un copudo y añoso tamarindo, cuyos frutos, de ácida pulpa, sabían que son seguro remedio contra el cansancio y la fiebre. La luna, que filtraba ondas de luz gris perla al través del espeso ramaje enredado de lianas y tupido por los helechos colosales, fue acogida como una amiga; a su claridad añadieron la llama de una hoguera que no quería arder, y soldados y oficiales medio se secaron, abanicándose con hojas de cocotero, porque aquel calor húmedo asfixiaba.

Colocados ya los centinelas, los soldados buscaron en el sueño, o más bien en un inquieto y pesado letargo, el descanso indispensable después de tan fatigosa jornada; pero el capitán, alto, moreno, enjuto, apoyado en el tronco del tamarindo, y el teniente, muy joven, aniñado, de dulce cara femenil, se quedaron un instante en pie, abiertos los ojos, como si interrogasen a la noche.

-Pepe -dijo de pronto el capitán-, ¿sabes que me da el corazón que cuando lleguemos se habrán rendido? Por mi gusto..., ¡ahora mismo los hago levantar a todos y monto a caballo, y seguimos, hombre, seguimos para adelante!

-La tropa está que no puede con su alma -objetó el teniente, que se caía de sueño-. Dicen que tienen los pies como carbones ardiendo y los huesos calados...

-¡Bah!, en cuanto dormiten un cuarto de hora, los azuzo y se enderezan frescos como lechugas... ¡Si conoceré yo a mi gente! Son de hierro..., forjados en Eibar.

-Pero ¿de dónde sacas tú que allá se han rendido? Hay armas, municiones y, por sabido se calla, corazón; la iglesia y su torre son fuertes; hay una buena empalizada de bambú y otra de tapial; con menos que eso se resiste a un ejército; y los que quieren entrar en Arringuay son cuatro gatos.

-Tienes razón -declaró el capitán- menos en lo de los cuatro gatos, porque son centenares y no sé si millares de gatos los que están allí; pero ¿sabes lo que más me desespera de esta parada? ¿Tú no te acuerdas de la noche que es hoy? Como van ocho días que no sosegamos, como aquí hace verano cuando allá invierno..., qué, ¿no sabes que es...?

-¡Nochebuena! -exclamó con acento penetrado el teniente, cuyos ojos garzos se velaron de nostalgia-. ¡Nochebuena! ¡Y yo que no me acordaba, chico! ¡Nochebuena! ¡Ay, quién comiese hoy la sopita de almendra y la compota rajada de canela, en casa de tía Dolores! ¡Con las primillas, al lado de Fanny! ¡Está uno tan harto de ver caras amarillas y juanetudas! ¡Ole las mujeres de nuestra España!

-España es también aquí -respondió seriamente el capitán-. ¡Lo que es el mundo! Tú te acuerdas de las muchachas..., y yo, de mi nene, que ha nacido hace tres meses... No lo conozco aún...

-¡Nochebuena! -repitió el teniente de la cara afeminada-. Mira tú: ello será tontería o chifladura...; pero me acaba de dar por el alma no sé qué cosa rara, chico, y me pasa como a ti...: que me gustaría hacer algo gordo esta noche.

-¡Para escribirlo allá!

-¡No, que sería para contárselo al emperador de la China!

Las manos de los amigos se buscaron y se estrecharon enérgicamente; la hoguera, casi extinguida por la humedad del suelo, lanzó un reflejo rojo sobre el semblante de los dos oficiales; y el teniente, despabilado, electrizado, dijo en voz opaca y ardiente como un ruego:

-¡A despertarlos, chico, a despertarlos! Tres o cuatro leguas que faltan, se andan pronto... El guía me ha dicho a mí que sabe un atajo...

Quince minutos después, ni uno más ni uno menos, el destacamento caminaba otra vez, mejor dicho, se arrastraba penosamente, cortando con hachas las espesas lianas y los bejucales, hundiéndose en charcos donde la amarillenta sanguijuela les adhería a las piernas su ventosa y oyendo deslizarse en la maleza la iguana y la venenosa serpiente palay. Cubierta otra vez la luna por nubarrones, la oscuridad era casi total, y la tropa avanzaba a tientas, riendo y renegando, pero sin quejarse, sin echar de menos el interrumpido reposo. El que tropezaba en un tronco de árbol y daba de bruces, juraba y se incorporaba, sin pensar siquiera en enterarse del daño recibido. ¡Sí, para mimitos estaba el tiempo! ¡Cuando tal vez ardía Arringuay y destripaban a sus moradores los condenados rebeldes! ¡A menear las patas! Y una calentura de voluntad, de deseo, de abnegación, impulsaba los cuerpos exhaustos, despejaba las cabezas cargadas de modorra y prestaba fuerzas a los más endebles, y a los que menos podían consigo... Iban como se va en una pesadilla.

Medianoche era por filo cuando avistaron al enemigo. Para decir verdad, lo que avistaron fue un caserío envuelto en llamas, un grupo de chozas de donde salían clamores. El capitán había adivinado: Arringuay se encontraba ya en poder de los asaltantes. Parapetados en la iglesia, resistían aún algunos hombres, mandados por el párroco fraile; hacia la plaza sonaban disparos; el pueblo, inerme ya, encontrábase entregado al saqueo y a la matanza. Los españoles se precipitaron en él, y se luchó confusamente entre las sombras o a la luz del incendio, pisando muertos lívidos, acribillados de heridas; vivos, palpitantes aún, agarrándose con los bandidos y cruzando con sus raras armas de salvajes, sus campaniles y sus krises ondeados como sierpes, las leales espadas y las limpias bayonetas. La pelea, sin embargo, duró poco; la horda, con exclamaciones nasales, con atiplados chillidos, que delataban a la vez el despecho, la ferocidad y la cautela, se comunicó la orden de retirada, y dejando en la plaza y en las calles otra nueva hornada de cadáveres -porque la tropa, cansada y todo, pegaba duro-, huyeron a la desbandada los rebeldes, y los defensores de Arringuay, llorando de gozo, bajaron de la torre, en cuyos escombros pensaron envolverse. El fraile, empuñando todavía su rémington, corrió al encuentro del capitán, y aquellos dos hombres que no se conocían, que no se habían visto nunca, pero que eran, en el momento de encontrarse, una misma idea habitando dos cuerpos diferentes, se abrazaron con esa efusión larga, ardorosa, con que sólo se abrazan los que se quieren mucho...

La tropa, reanimada ya, ni pensaba en comer ni en dormir. Iban de casa en casa ayudando a apagar el incendio. Y el fraile y el capitán, comprendiendo que no era hora de entregarse a desahogo se pusieron de acuerdo en breves palabras, empezaron a dar órdenes y a ejecutarlas en persona. Los moradores, como el rebaño después de la acometida del lobo, juntáronse en la plaza: la madre buscaba al hijo, el hermano al hermano, se llamaban, se contaban; algunos sacaban a cuestas a los heridos. Un sargento trajo en brazos a un niño de pecho: acababa de encontrarle en una casuca que empezaba a arder, y donde sólo había una mujer muerta, nadando en un charco de sangre. Era la criatura un muñeco amarillo, que se descuajaba llorando; pero al capitán la vista del muñeco le avivó deseos y afanes, con más viveza en aquella noche, en que especialmente son sagrados los pequeñuelos; inclinóse y besó tiernamente al huérfano, y el teniente, con bonita sonrisa juvenil, le alzó entre sus manos y le enseñó a la multitud, diciendo humorísticamente:

-¡Miren qué Niño Dios nos cae hoy!

-Es bien feo el condenado, mi teniente -declaró el sargento.

-¡No tenemos otro!...

Y el niño de raza malaya, fue festejado, y compadecido, y chillado, hasta que le tomó de su cuenta una chica que le acercó a su seno oblongo y a la cual el capitán deslizó en la mano todo el dinero que llevaba.

"El Liberal", 20 de diciembre de 1896.